Rudi Henkel

EINE NACHT AM FASTNACHTS BRUNNEN

Mit Fotos von Thomas Gottfried

LEINPFAD
VERLAG

Für Helga und unsere wunderbare Familie.

Umschlag: Ursula S. Kosa, Ingelheim,
unter Verwendung eines Fotos von Thomas Gottfried
Layout: Leinpfad Verlag, Ingelheim
Druck: wolf print, Ingelheim

Leinpfad Verlag, Leinpfad 5, 55218 Ingelheim,
Tel. 06132/8369, Fax: 896951
E-Mail: info@leinpfadverlag.de
www.leinpfadverlag.com

ISBN 978-3-945782-60-6

Mainz hat e Denkmal, wie wir wissen,
das einzigartig weit und breit,
das wohl kein Mainzer möcht vermissen –
ein Denkmal voller Fröhlichkeit.

Wir kennens all. Doch ohne Frage
wirds meistens garnit estimiert.
Dabei hat es so viel zu sage,
wenn mer sichs zu Gemüte führt.

Den Fastnachtsbrunnen will ich schildern,
der einmal jährlich voller Pracht
lebendig wird in seinen Bildern
am Elften Elften in der Nacht.

Dabei, des is vorauszuschicke,
braucht mer die Einstellung dezu:
En Halbe muss mer erst verdrücke
e Fleischworscht un en Weck in Ruh.

Wenn mer dann richtig hat gelade,
die Kält nit spürt, die nächtens kimmt,
fällt aus ner Kneip am Weihergaade,
dann is mer richtig eingestimmt.

De Dom hatt ebe elf geschlage,
die Fahne hinge noch am Mast,
die Fleischworscht lag mir schwer im Mage,
da hab ich den Entschluss gefasst:

Betracht der mal den Fastnachtsbrunne!
Sonst hast de sowieso kää Zeit.
E einsam Bank hab ich gefunne
und nirgendwo sah mer noch Leit.

Als ich mich hatt gesetzt soebe
und ringsherum mer hört kään Laut,
is er erwacht zu vollem Lebe –
ich hab de Aage nit getraut!

En Römer sah ich obe stehe
mit krumme Bää, leicht eingeknickt,
der winkt mir zu aus seiner Höhe
und hat mir freundlich zugenickt.

Er hat geschwankt uff seim Podeste.
Verschmitzt hat er debei gelacht
und sagt: „Was wär das Fest der Feste,
wenn wir de Woi nit hergebracht.“

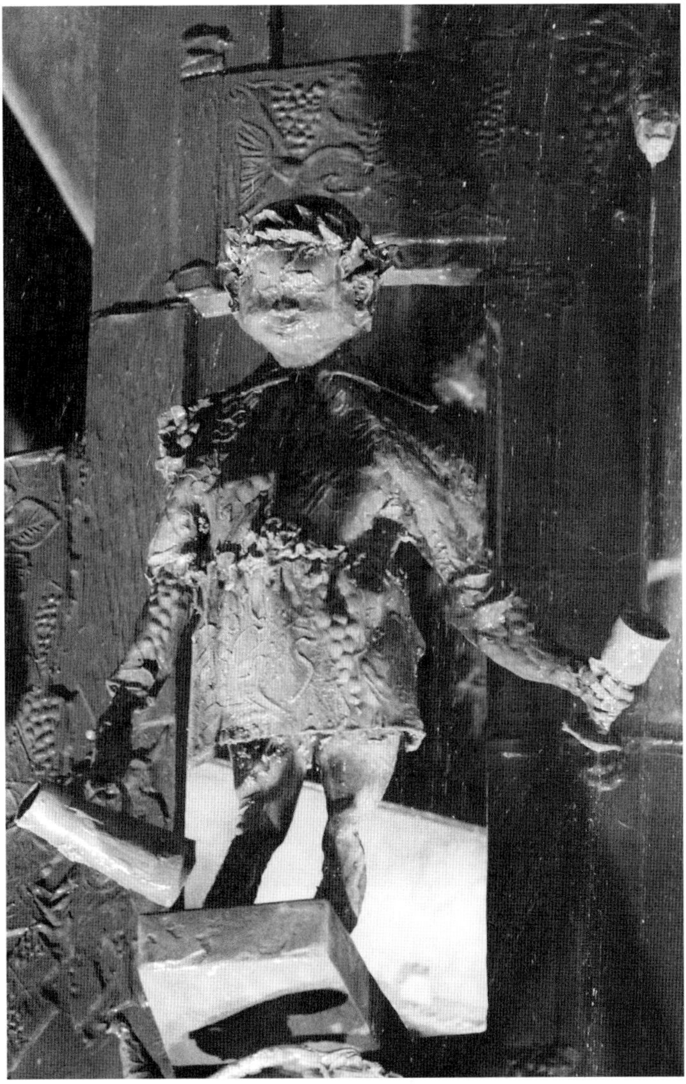

„Lass des Gebabbel“, hört ich sage.
Es war ein Mönch, ders Wort geführt:
„Wer könnt heut eier Brüh vertrage,
durch uns erst wurd sie kultiviert.“

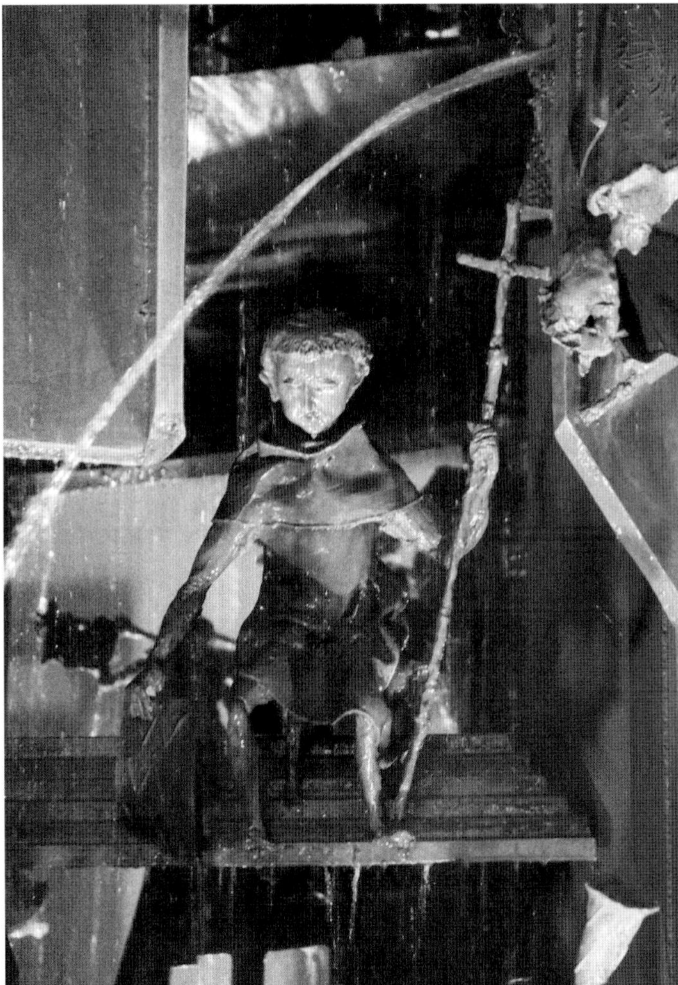

Am Säulefuß der klääne Zecher
rief lachend in de Turm enuff:
„Des wisse mer“, und hob sein Becher,
„die Patres sin bekannt fer Suff.“

„Warum stehn wir auf edle Tröppcher?“,
rief druff der Mönch von seinem Platz.
„Weils Zölibat verbiet die Böppcher,
bleibt nur der Woi uns als Ersatz.“

Die Nixe in des Mönches Nähe,
e goldig klää Gewitteroos,
sagt: „In de Klöster, ich verstehe,
is deshalb oft de Deiwel los."

„Was hääßt hier ‚kultiviert', mein Lieber?",
rief druff der Römer uffgebracht,
„die Reben brachten wir herüber.
Es wurd geworzelt Tag un Nacht,

um hier am Rhoi sie anzubaue,
des wääß doch schließlich jedes Kind,
ihr braucht eich doch nur umzuschaue,
wo ihr noch Dickworzäcker findt.

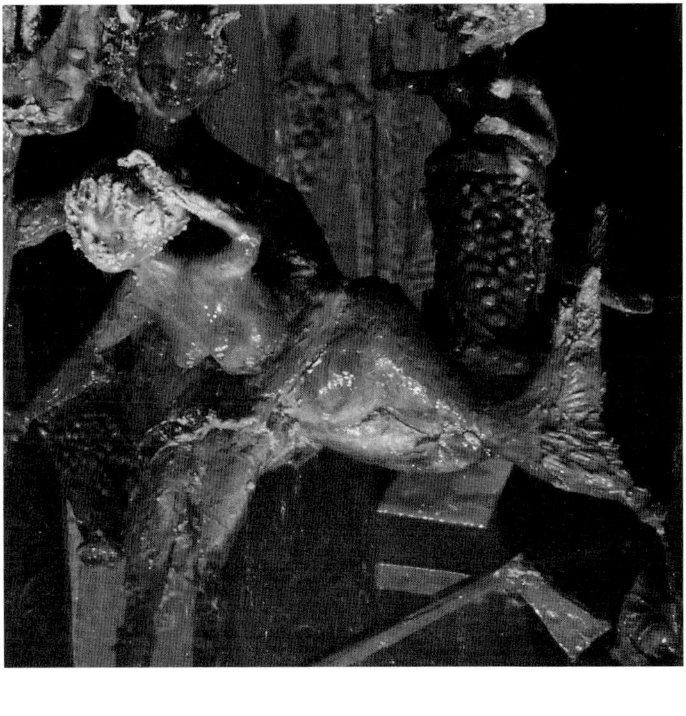

Es waren unsre Legionäre,
die Reben pflanzten ringsherum.
Sowohl zu des Gott Bacchus Ehre
als auch für Moguntiacum.

Warum denn sind die Fastnachtstage
bei euch in Mainz ein großes Fest?
Doch deshalb nur – ganz ohne Frage –
weil unschwer sich beweisen lässt,

dass hier am Rhein un weit dehinner
wie die Geschichte uns bericht,
fast alle sind Besatzungkinnner
aus vielen Völkern abgemischt.

8

Das schuf die Fastnacht hierzulande.
Selbst auch der Klerus war dabei,
der sich zu diesem Fest bekannte,
zum bunten Spiel der Narretei.

Genießt des Festes Hochgefühle,
genießt den Wein an Fassenacht,
seid stolz auf diese Völkermühle,
die Mainz so vieles hat gebracht."

Es gab Tumult nun in dem Brunne.
Auch der Apoll hat sich geregt:
„Was du erzählst dem Kerl da unne
hat die Geschichte klar belegt.

Sieh mich, umrahmt von vielen Göttern,
dem Bacchus ...

... und der Venus auch.

Selbst dort der Satyr is mein Vetter.
Ihr wisst, es war bei uns stets Brauch:
Wenn wir gefeiert frohe Stunden,
wenn wir geliebt ein schönes Weib,
dann war der Wein in Römerrunden
der allerbeste Zeitvertreib."

„Ganz recht“, schallts aus des Brunnens Mitte.
Es war ein Herr vom Komitee:
„Des is bei uns auch heut noch Sitte,
betracht e Sitzung aus de Näh.

Dann merkst de, wie mer schlucke könne,
selbst wenns uns Überwindung kost.
Das schönste Wort, um es zu nenne,
is für en Komiteeter ‚Prost!‘.“

Der Pegasus am Narrenhimmel,
Symbol der Dichtkunst, schon sehr alt,
schwang seine Flügel zum Gebimmel,
das mitten aus dem Turm erschallt.

Ich weiß nit, wie es is gekomme,
e Trommel hat sich auch gerührt.

Trompetenschall hab ich vernomme,
und plötzlich sin se all marschiert.

Die Schwellköpp.

Monde, Sterne, Sunne.

S Komitee, es spend Applaus.

Un der Gardist am Fuß vom Brunne
wäschts Portemonnaie mit Wasser aus.
Ich hab dem Schode zugewunke
un hab debei für mich gedacht:
Wers Portemonnaie am Schluss muss dunke,
hat echt gefeiert Fassenacht.

E Mandolin hört ich erklinge.

Sah die Bajazzos obe stehn.
Sie alle finge an zu singe,
dass so ein Tag sollt nie vergehn.

S Wasser rauscht ins Brunnebecke,
das hundertfach aus Masken floss.

Da konnt ganz obe ich entdecke
St. Martin, er saß hoch zu Ross.
Ich sah ihn seinen Mantel heben,
er trennt ihn durch mit einem Schnitt
und sagt: „Wer hat, der muss auch geben,
doch viele Leut kapiern des nit.
Warum sitz ich im Turm ganz oben
symbolhaft über Maskenglanz?
Der Narr hat stets die Stimm erhoben
für Menschlichkeit und Toleranz.“

Und plötzlich auch erwacht zum Lebe,
schwang seine Bäächer hin und her,
s‘ Meenzer Mädche gleich danebe.

Und ein Gardist mit Holzgewehr.

Der Vater Rhein, der wunderbare,
saß in seim Nache, hat gelacht:
„Ich kenn mein Mainz zweitausend Jahre,
ich kenn die Meenzer Fassenacht.
Und weil sie traditionsverbunden,
weil hinter ihr die Bürger stehn,
weil sie erlebt auch schwere Stunden,
wird dieses Fest nie untergehn.“
Kaum hatt die Worte ich vernommen
sah ich durchs Wasser deutlich klar:

Ein zweites Schiff kam angeschwommen
mit einer großen Narrenschar.
Ich hab ganz laut „Helau“ geschriee.
Die Brüder schwenkten mit de Kapp:
„Geh hääm, du werst dei Knüppel kriee.
Du hast getankt, un nit so knapp.“

Im Newwel sah ich in der Höhe
s Prinzepaar mit viele Leit.
Der Turm fing selbst sich an zu drehe,
da dacht ich mir: Jetzt wird es Zeit,
mich langsam aus dem Staub zu mache.
Die Halbe lage mir im Hern.
Da hört ich obe einen lache.

Es war der Bajazz mit Latern.

Auch Till hat seinen Stab geschwunge,
umringt von einer Narrenschar.
Sie alle habe laut gesunge,
was nit zu überhören war.
S „Rizambaa“, ihr könnt es glaube,
und hinnerher: „Die Musik kimmt“.

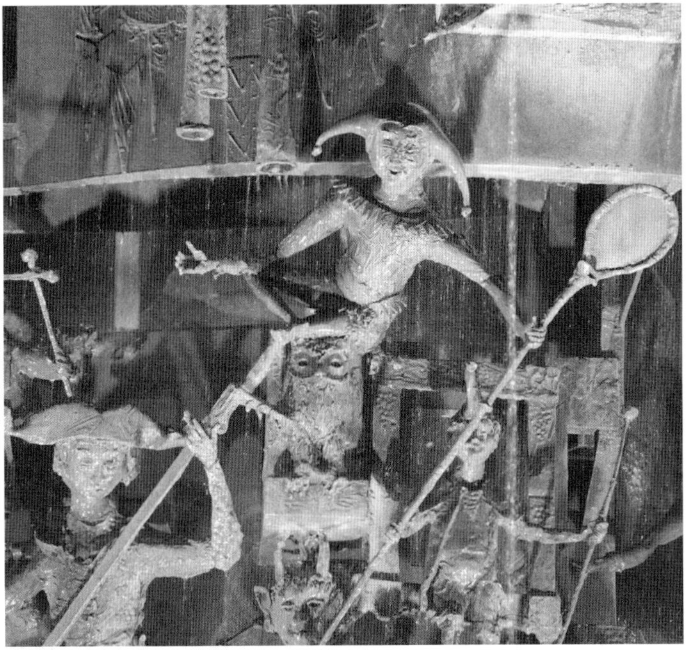

Dass selbst der Engel mit der Traube
in diesen Chor hat eingestimmt.

Und ganz alläa spielt auch en Flügel.

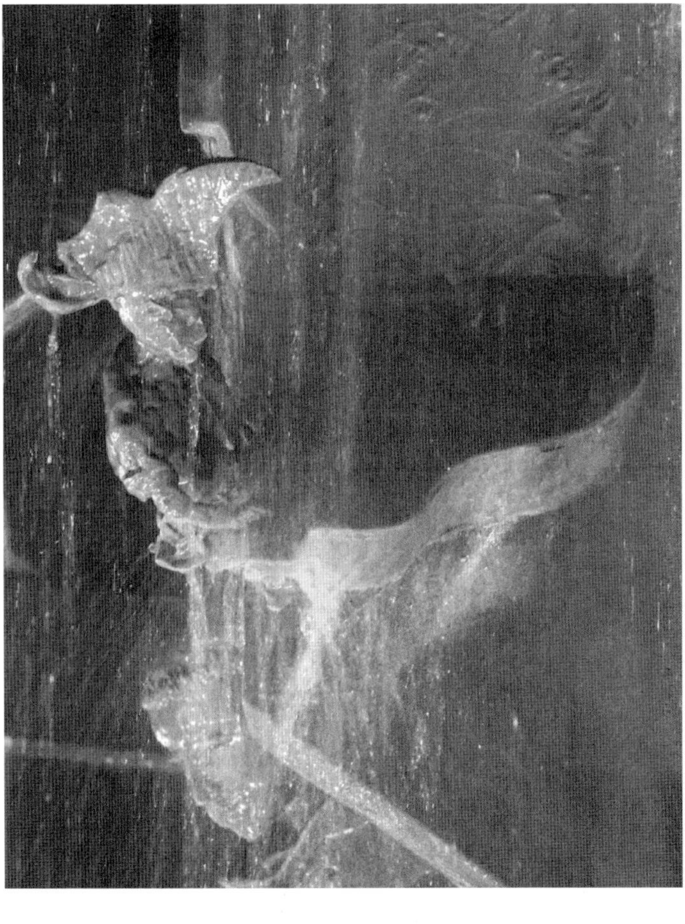

Und Zimbelklang erfüllt die Nacht.
Es dröhnt der ganze Narrenhügel –
da bin ich plötzlich uffgewacht.

Aus Erz gegosse stand der Brunne
und hat sei Wasser ausgespuckt
und ich auf meiner Bank ganz unne
hab uff dem Dom sei Uhr geguckt.

Nur elf Minute warn vergange,
da ich voll Lebe ihn erblickt,
dass dieser Zauber angefange,
dass ich am Brunne eingenickt.

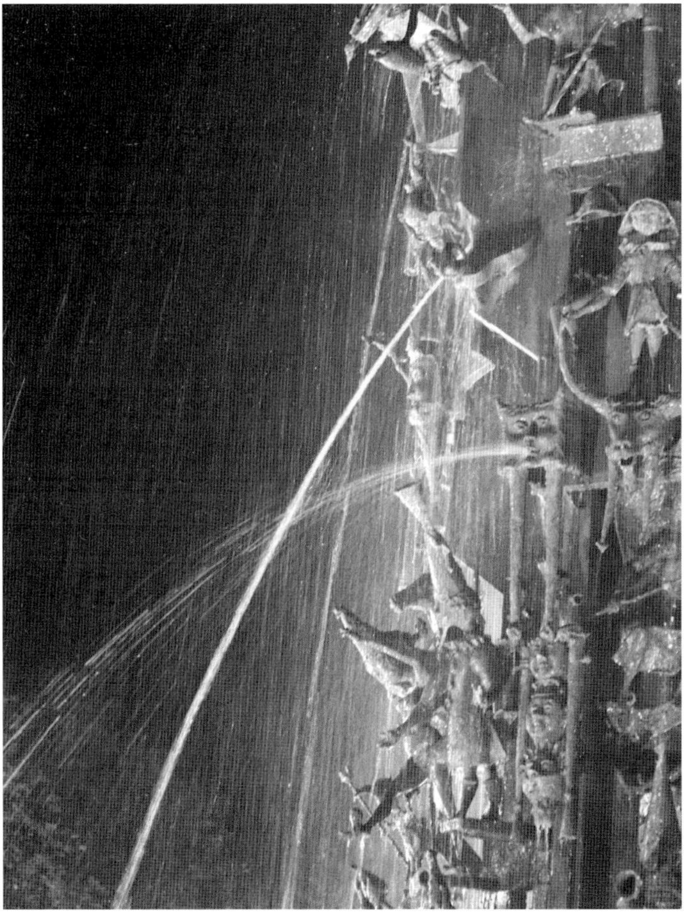

Ich hab mich langsam hochgerappelt.
Die Füß warn kalt, als ich erwacht.
Ich bin von meiner Bank gekrabbelt
und hab mich auf de Weg gemacht.
Wenn ich nun, hochverehrte Gäste,
die Neugier hab in euch geweckt,
dann denke ich, es ist das Beste,
wenn selbst ihr wieder ihn entdeckt!
Den wunderschöne Fastnachtsbrunne.
E bissje Zeit braucht ihr gewiss.
Doch ihr stellt fest, wie ich gefunne,
dass er e herrlich Denkmal is.

Der Brunnen Mainzer Lebensfreude

Nach einem Beschluss des Stadtrats im Jahre 1964 sollte der Platz gegenüber dem Osteiner Hof durch einen Brunnen verschönert werden.

Eine Ausschreibung forderte zu einem Wettbewerb auf, zu dem 237 Künstler ihre Zeichnungen und Modelle einreichten. Die Wahl fiel auf den Entwurf von Professor Blasius Spreng aus München.

Am 14. Januar 1967 wurde der Brunnen unter großer Anteilnahme der Mainzer Bevölkerung, der Fastnachtskorporationen und im Beisein des Stifters Ludwig Eckes, Inhaber einer bekannten Getränkefirma aus Nieder-Olm, eingeweiht. Als Mitglied des Großen Rates im Mainzer Carneval Verein war er von der Idee eines Brunnens begeistert, um so mehr, als seine Tochter Heidrun im Jahre 1963 aus Anlass des 125-jährigen Jubiläum des MCV Karnevalsprinzessin war.

Blasius Spreng, der in der Kunstszene kein Unbekannter war, wurde bei der Planung des Brunnens vom damaligen Stadtbaumeister Dr. Jacobi, einem alteingesessenen Mainzer, beraten.

So entstand ein Kunstwerk, das in seinen über 200 Figuren sowohl ein Stück Mainzer Geschichte und Mythologie, als auch die Fastnacht und viel Lebensfreude widerspiegelt: In einem neun Meter hohen Turm versammeln sich Götter neben Personen der Zeitgeschichte und symbolischen Figuren des närrischen Brauchtums.

Der Turm steht auf dem Kopf, d.h. er öffnet sich im oberen Teil wie ein Kelch, er schließt sich nicht, wie man es bei einem Turm erwarten würde: Seine Götterfiguren scheinen in himmlische Sphären zu entschweben. Sie werden begleitet von Sternen, der Mondsichel, von Parzival, von Weinengeln, von Masken und einer schönen Mainzerin, die auf einem Einhorn reitet. Immer wieder sind es Weinblätter oder Trauben, die als Dekor auf die Bedeutung des Weinbaus hinweisen, der schon seit Römerzeiten in der Region betrieben wurde.

Im mittleren Teil des Brunnens tummeln sich mythische Figuren. Neben Bacchus, einem Weingott, Venus oder ein Satyr zusammen mit einem römischen Legionär und dem Steinbock, dem Legionszeichen der „primigenia pia fidelis", der Legio XXII, die in Moguntiacum Standortlegion war, neben einem sitzenden Mönch, der ein Kreuz in Händen hält.

Alles ist offen im Turm, ist transparent, strahlt Gelassenheit und Freude aus, so wie es die Mainzer Art ist, wirkt leicht und beschwingt. Da bläst ein Trompeter zum Tanz, ein Flügel scheint zu spielen, ein Gitarrenspieler greift in die Saiten, ein Trommler steht bereit für ein fröhliches Fest, das zusammen mit Bajazz und Till zelebriert und von den Meenzer Schwellköpp begleitet wird.

Ein Narrenschiff schwimmt vorüber, Komiteeter schauen amüsiert herab, und ein paar Gänse stehen für das Mainzer Lieblingslied, das „ Heile Gänsje", während ein leicht angetrunkener kleiner Römer auf seinem Podest zu schwanken scheint.

Auf der dem Dom zugewandten Seite teilt St. Martin seinen Mantel mit einem Bettler. Darunter sitzt Vater Rhein in einem Nachen und grüßt mit einer Nixe und Hagen von Tronje den Betrachter.

Je länger man dieses Kunstwerk ansieht, umso mehr entdeckt man Neues, und wenn die Wasserstrahlen die vielen Figuren umsprühen, dann scheint es, als würden manche von ihnen tanzen.

Schaut man auf die im Wasser stehenden fünf Brunnensockel, die das Kunstwerk tragen, ist man dann in der Realität angekommen: Ein Kater, wie er sich nach allzuviel Trinkgenuss oft einstellt, kauert vor einem der Sockel, und ein Narr wäscht nach altem Mainzer Brauch – wie am Aschermittwoch üblich – sein Portemonnaie. Zwar nicht mit Rheinwasser, sondern mit dem Wasser des Brunnenbeckens, das von dort zurückfließt in den Kreislauf der vielen Fontänen, die sich über den Turm der Lebensfreude ergießen.

Dr. Rudi Henkel

Rudi Henkel wurde 1925 in Mainz-Weisenau geboren; er besuchte das Humanistische Gymnasium in Mainz und machte 1943 Abitur. Nach dem Studium der Zahnmedizin in Mainz eröffnete er 1952 eine eigene Praxis in Weisenau. Seit 1950 ist er Mitglied des Mainzer Carneval Vereins (MCV), war von 1981 bis 1991 dessen Präsident und ist jetzt der Ehrenpräsident.

Thomas Gottfried wurde 1961 in Augsburg geboren und lebt seit 1972 in Mainz; er besuchte dort das Gutenberg Gymnasium und machte 1981 Abitur. An der Technischen Hochschule Darmstadt studierte er Elektrotechnik, schloss das Studium 1988 als Dipl.-Ing. ab und arbeitet jetzt als IT-Experte in der Touristikbranche. Seit 2013 ist er Mitglied beim MCV und einer der MCV-Fotografen.

Sie lieben die Fastnacht und Sie lieben Mainz?
Dann finden Sie bei uns jede Menge Bücher!

Günter Schenk: ***Mainzer Fastnachts-ABC. Fakten – Legenden – Anekdoten***
Weshalb ruft man in Mainz Helau? Warum sind die Fastnachtsfarben Rot-Weiß-Blau-Gelb und wieso feiert man Karneval jedes Jahr zu einem anderen Termin? Welches Volkslied stand beim Karnevalshit „Rucki Zucki" Pate und woher stammt die Idee für die Zugplaketten? Ist das Komitee dasselbe wie der Elferrat? Und wozu braucht man einen Großen Rat? Diese und viele andere Fragen werden im ***Mainzer Fastnachts-ABC*** beantwortet: Es informiert ausführlich über Hintergründe und Geschichte der Mainzer Fastnacht: Eine spannende Reise durch viele Jahrhunderte Fastnachtsgeschichte ist garantiert!
ISBN 978-3-942291-10-1, 220 Seiten, 69 farbige Abb., 19,90 €

Peter Jackob: ***Narren-Mord. Ein Mainzer Fastnachts-Krimi***
Der erste Schack Bekker-Krimi – Kult!
ISBN 978-3-937782-87-4, 191 S., Broschur, 9,90 € 3. Auflage!
ebook: ISBN 978-3-942291-97-2, 8,99 €

„Öde Gebäude, langweilige Brunnen und eintönige Museen? Dass Kinder durchaus interessiert und voller Neugier die Geschichte und Sehenswürdigkeiten einer Stadt erleben können, zeigt Gisela Cölle mit ihren beiden Stadtführern für Kinder." (AZ Mainz)

Gisela Cölle: ***Komm, ich zeig dir Mainz. Eine Mainzer Stadtführung für Kinder***
Mit dem Drachen Cicero fliegt Jan über Mainz und entdeckt dabei jede Menge Sehenswürdigkeiten! – ISBN 978-3-945782-33-0, 32 S., mit 16 farbigen Illustrationen, Hardcover, 11 €

Gisela Cölle: ***Komm, ich zeig dir Mainz II***
ISBN 978-3-945782-46-0, 32 S., Hardcover, 12 €

Wolfgang Stumme: ***Der Mainzer Hauptfriedhof. Menschen und ihre letzten Ruhestätten***
Der Mainzer Hauptfriedhof spiegelt 200 Jahre Mainzer Kultur- und Sozialgeschichte wider. Mit einem Rundgang nach Plan, Biografien zu 29 Persönlichkeiten und mit über 60 Fotos.
ISBN 978-3-942291-14-9, 104 Seiten, 64 Farbfotos, Broschur, 12 €

Leinpfad Verlag.
Der kleine Verlag mit dem großen Programm!
Leinpfad Verlag, Leinpfad 5, 55218 Ingelheim
Tel. 06132/8369, Fax 896951, www.leinpfadverlag.com
info@leinpfadverlag.de
Wir schicken Ihnen gerne unsere Programmübersicht.